Para Mamá y Papá, mis inspiraciones – J.L.
Para Ian Hamilton Gordon – K.P.

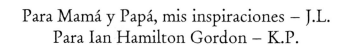

Título original: The dog who could dig

Tradujo Sandra Sepúlveda Martin de la edición original en inglés de Oxford University Press, Oxford.

© Jonathan Long 1992, Texto

© Korky Paul 1992, Ilustraciones

El perro excavador se publicó originalmente en inglés en 1992 por Bodley Head Children's Books y fue reeditado por Oxford University Press en 2008. Esta edición se ha publicado según acuerdo con Oxford University Press, Oxford.

The dog that dug was originally published in English in 1992 by Bodley Head Children's Books and was reissued by Oxford University Press in 2008. This edition is published by arrangement with Oxford University Press, Oxford.

D.R. © Editorial Océano de México, S.A. de C.V.
Blvd. Manuel Ávila Camacho 76, 10° piso
11000 México, D.F., México

www.oceano.mx

PRIMERA EDICIÓN 2013

ISBN: 978-607-400-898-2

IMPRESO EN SINGAPUR / *PRINTED IN SINGAPORE*

Canelo
busca su hueso

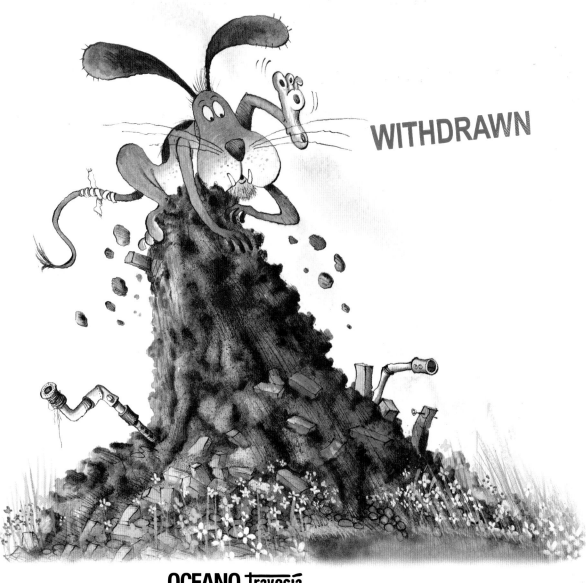

OCEANO travesía
www.oceanotravesia.mx

El perro Canelo era muy distraído:
enterró su hueso y lo olvidó por descuido.

Buscó en todas partes usando su olfato
y dio con un rastro al cabo de un rato.

"Debe ser mi hueso, ¡lo he hallado al fin!
Si logro sacarlo me daré un buen festín."

Cavó, excavó y escarbó con decisión.
Finalmente dio con algo que sacó de un buen tirón.

¿Qué descubrió ahí? ¿Ya lo has adivinado?
No era eso el hueso que Canelo había extraviado...

sino un viejo zapato, apestoso y roído
que hace unos años su amo había perdido.

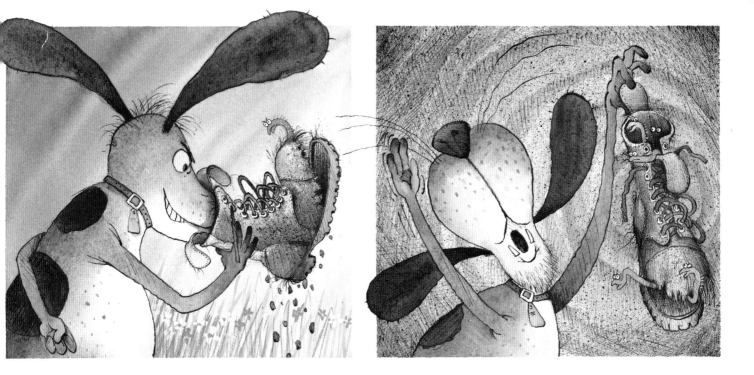

"No puedo comer eso," pensó, "¡es inmundo!
Quizá necesito escarbar más profundo."

Cavó, excavó y escarbó con decisión.
Finalmente dio con algo que sacó de un buen tirón.

¿Qué descubrió ahí? ¿Ya lo has adivinado?
No era eso el hueso que Canelo había extraviado...

sino un viejo minero cubierto de hollín
que el sabueso sujetaba por la punta del botín.

"¡Disculpe!" rogó el perro, "¡Lo siento, qué entuerto!
¡No sabía que habría de encontrarlo en mi huerto!"

El minero estaba realmente enfadado;
sacudió a Canelo y lo llamó "Perro malo."

"No puedo comerlo a él," pensó Canelo, "¡es inmundo!"
"Quizá necesito escarbar más profundo."

Cavó, excavó y escarbó con decisión.
Finalmente dio con algo que sacó de un buen tirón.

Era muy pesado y mucho tuvo que luchar,
pero usó todas sus fuerzas y lo logró desenterrar.

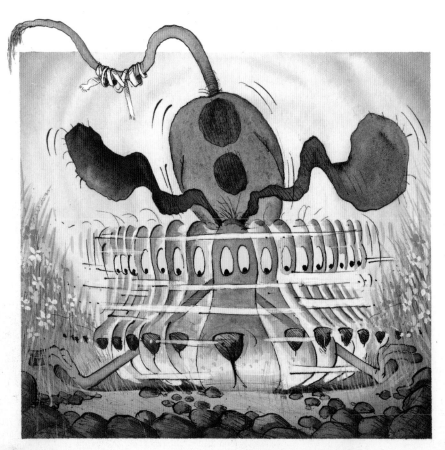

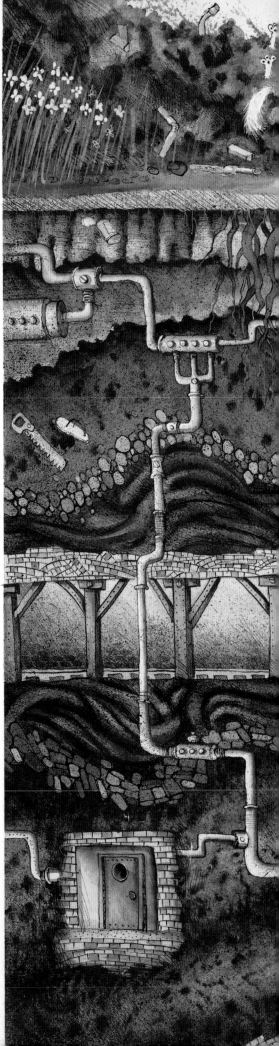

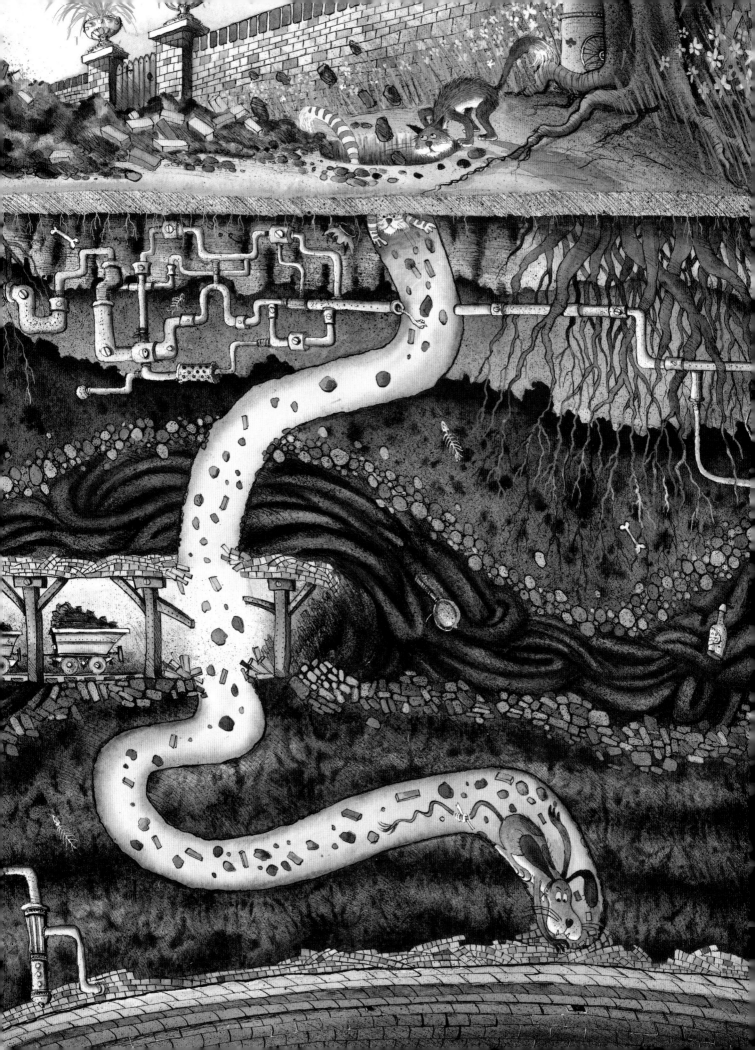

¿Qué era eso tan pesado que Canelo descubrió?
¡Era un tren subterráneo, con todo y su conductor!

Veinticuatro vagones pintados de blanco y rojo,
conducidos por un hombre que lo miraba con enojo.

"¿Pero qué estás haciendo? ¡Ésta no es mi estación!"
gritó el conductor con gran indignación.

"¡Disculpe!" rogó el perro,
"¡Lo siento, qué entuerto!
¡No sabía que habría de encontrarlo
en mi huerto!"

"No puedo comerlo a él," pensó Canelo, "¡es inmundo!
Quizá necesito escarbar más profundo."

Cavó, excavó y escarbó con decisión.
Finalmente dio con algo que sacó de un buen tirón.

Sacar algo tan grande requirió de un gran esfuerzo,
¡pero bien lo valía si acaso era su almuerzo!

¿Qué extrajo Canelo con tanto trabajo?
¿Qué descubrió enterrado ahí abajo?

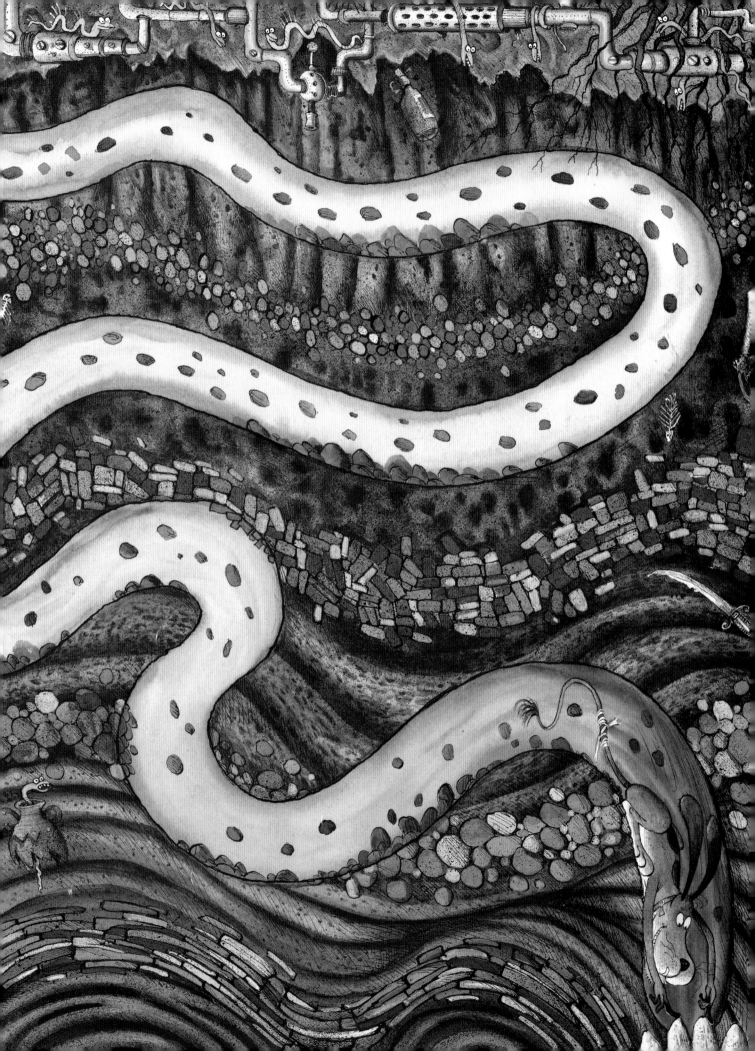

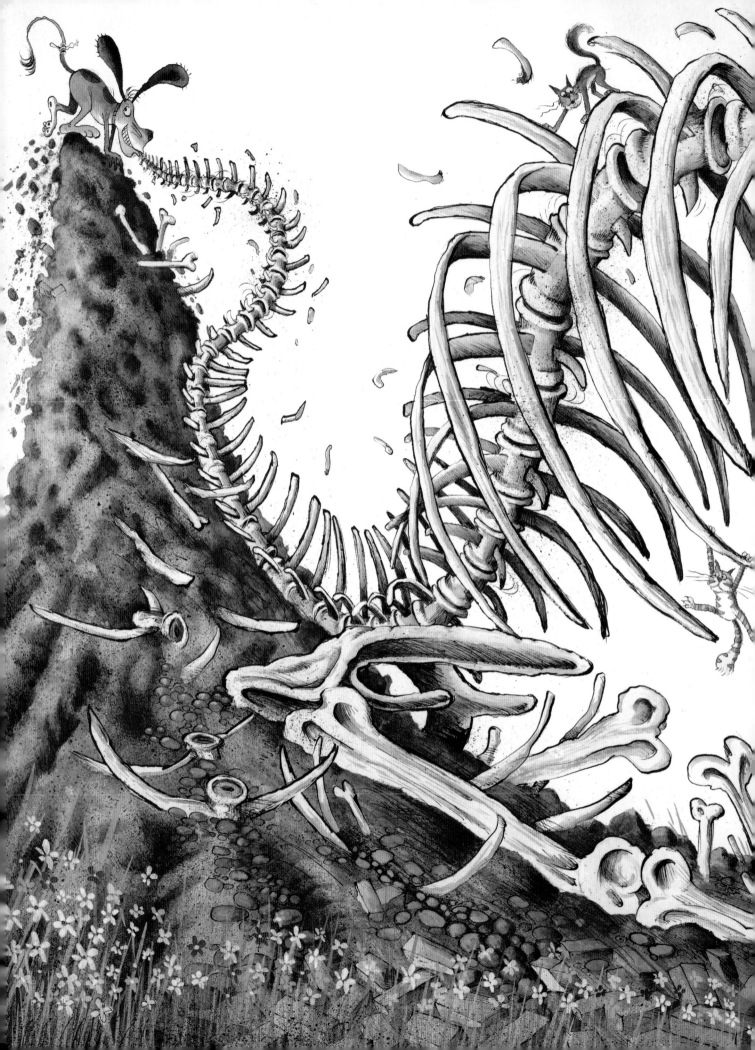

¡Un hueso! ¡Al fin! (Más bien un esqueleto...
¡Canelo encontró un dinosaurio completo!)

Cientos de huesos: grandes, medianos, pequeños,
que habían estado enterrados durante varios milenios.

"Qué buena suerte", pensaba con alegría,
"con este montón comeré por varios días."

"Espera un momento," lo increpó una voz,
"¡Comer esos huesos sería un crimen atroz!"

Una profesora llegó de repente,
de cabello rizado y sonrisa demente.

"¡Pero tengo hambre! Por favor entienda,
estos huesos que encontré son mi única merienda."

"Mira," dijo ella, "odio ser inoportuna,
pero este esqueleto vale una gran fortuna."

"¡Muy bien!", dijo el perro, alargando una pata.
"¡Lo vendo a un millón! ¡Hago entrega inmediata!"

La profesora accedió, le deseó buen provecho,
y se alejó con los huesos atados al techo.

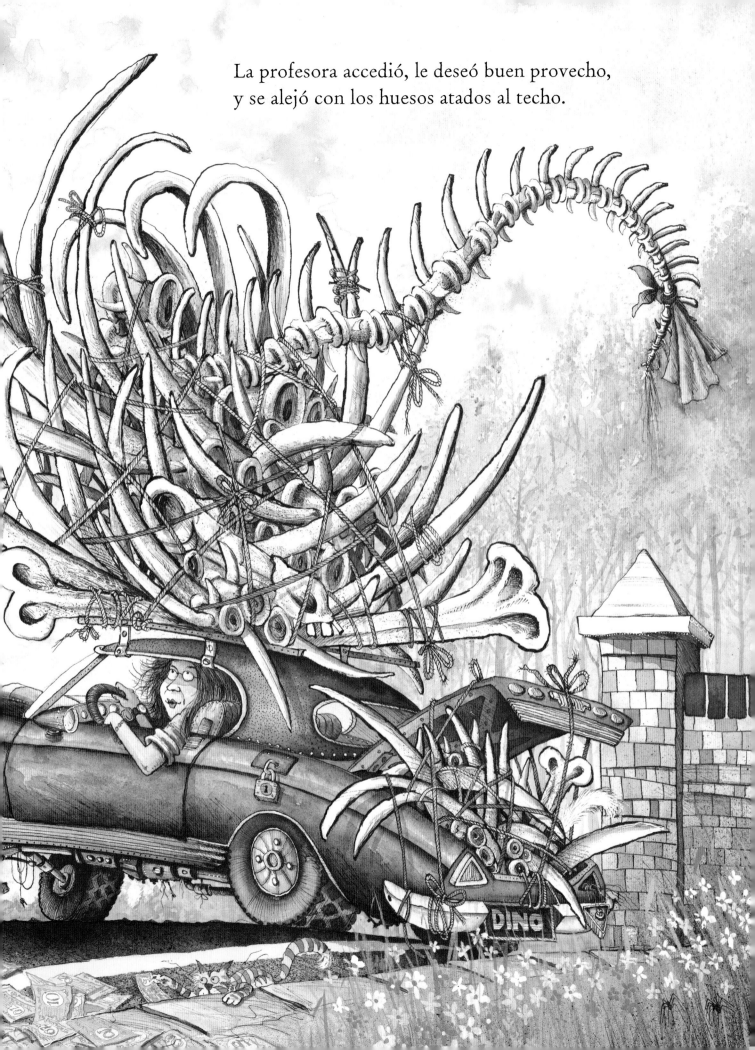

Entonces Canelo corrió hacia la tienda
a comprar cosas buenas para la merienda.

Invitó a sus amigos a darse un banquete
de pavo, chuletas de cerdo y filete,

salchichas, jamón y hamburguesas con queso,
pechugas de pollo y... ¡ni un solo hueso!